世界上最棒的礼物

文/图 赖马

上个星期，

天使镇发生了一件令人开心的大事！

今天一早，大家都带着礼物出门了。

1只长颈鹿
推着粉红色的礼物，
从粉红色的房子前面经过。
他带的是什么礼物呢？
嘿！是乌龟
一家人。

早安！
你好。
哇！
这是什么？

原来是一辆
长长的粉红色推车。
一切都很
顺利呢！
拜拜！

很顺利吗？
那真是太好了！

2只河马
拿着绿色的礼物，
从绿色的草丛前面经过。
他们带的是什么礼物呢？
是蜥蜴
一家人。

你们好！

原来是两个又圆又大的西瓜。

我看到
其中一只
一直在笑。
真可爱！
我也很爱笑。
再见！
好吃。

3只棕熊
抱着橘色的礼物，
从橘色的围墙前面经过。
他们带的是什么礼物呢？
你们看到了吗？
嘿！是三色猫
一家人。

看到了！
好可爱。
嘿！
咦？

原来是酸酸甜甜的橙汁。

有一只一直在哭，
像这样。
哇！
哇！
哇！
我妹妹也很爱哭，
她是爱哭公主。

4只老虎
带着有香味的白色礼物，
从白色的房子前面经过。
他们带的是什么礼物呢？
啊！是花豹
一家人。

好香！
你好！
好漂亮呀！

原来是
漂亮的百合花。
我也爱
睡觉！
有一只
一直在
睡觉。

花是我们特地
挑选的。
拜拜！

5只山羊
抱着装满乳白色饮料的
灰色罐子，
从灰色的拱桥上面经过。

他们带的是什么礼物呢？

今天非常
开心。

原来是

羊妈妈的鲜奶。

再见！
有一只一直
啊啊叫。
啊！
啊！
像这样吗？

6只贵宾犬

捧着有花纹的**紫色**礼物，
从公园里的紫色滑梯前面经过。

他们带的是什么礼物呢？

原来是
一条柔软的被子。
拜拜！
有一只一直在
嘬手指头。

再见！
我妹妹也喜欢
嘬手指头。
好想赶快
看到。

7条鳄鱼
抱着刚刚采来的红色礼物，
从一条河里经过。
他们带的是什么礼物呢？
迪泥
是狐狸妈妈。
你好！

你好，鳄鱼。

原来是
香香脆脆的红苹果。
迪泥泥
有一只一直在
滚来滚去。
我也想看他
滚来滚去。
哈哈！

8只老鼠

拿着香喷喷的**黄色**礼物，
从黄色的护栏前面经过。

他们带的是什么礼物呢？

嘿！
你好！

原来是
刚烤好的南瓜饼干。
有一只一直在
黏着妈妈。
跟你一样吗？

蓝蓝的天空，绿绿的草地。

是大象太太。
你们好。
嘀！
9条大头蛇
带着好多好玩的礼物。
他们带的是什么礼物呢？

手摇铃、玩具屋、拨浪鼓、玩具车、手指偶、
玩具球、音乐铃、小喇叭和沙锤。

原来是各式各样的玩具。

上个星期，

天使镇发生了一件令人开心的大事！

1只长颈鹿、2只河马、3只棕熊、

4只老虎、5只山羊、

6只贵宾犬、

7条鳄鱼、8只老鼠、

9条大头蛇，

还有9只乌龟、8只蜥蜴、
7只三色猫、

6只花豹、5只犀牛、
4只斑马、

3只狐狸、
2只彩面山魈、
1只大象。

大家都
开心地去探望……

好可爱！
哈！
哈！
哈！
恭喜！
猪爸爸、猪妈妈

生了10只小猪！

你们是爸爸和妈妈
哈
哈
哈
哈
哈
哈
世界上
最棒的
礼物

啊
啊
啊
啊
滚
滚
最棒的礼物！
嘬
嘬
哇
哇

⬅ 一号作品。
好可爱呀！可以看很久。

⬆ 二号作品和三号作品，也超可爱。

作者的话

2007 年，也就是十二年前的猪年，我当了爸爸。
而现在，我们家已经有三个小孩了。

《世界上最棒的礼物》是《礼物》的重新创作。
2011 年，我创作了《礼物》，那时，我们家迎来了第二个孩子，
全家人都为新生儿的到来而翻天覆地地忙碌着。
养育孩子耗费巨大的精力，几乎花掉我所有的时间，
但同时，也让我感受到真实的幸福与美好，所以我创作了这本书：

孩子，是世界上最棒的礼物。

这本书的年龄设定虽然比较低，
但我还是想让小读者能看（玩）得很过瘾。
说是重新创作，其实是整体重画了，除了改变构图、
增加页数让故事产生更多的铺陈，
还重新调整了细节与色彩，希望能达到更好的效果。

亲子共读时，爸爸妈妈可以和孩子一起猜猜动物们送的是什么礼物，
一起玩颜色捉迷藏的游戏，
还能认识动物，学习各种形容词和问候语。
故事里，每个场景中，相遇的动物加起来是 10 只，
两个相同场景的跨页里，隐藏着数字 1 到 10 。

书里面还有很多细节，大家都发现了吗？

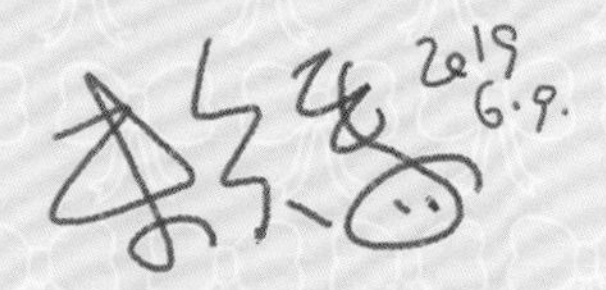

⬆ 每个场景中，相遇的动物加起来是 10 只。

⬆ 两个相同场景的跨页里，隐藏着数字 1 到 10。（第一个场景里隐藏着数字 1 到 5，第二个场景里隐藏着数字 6 到 10。）

作者简介

赖马，1968 年出生，27 岁出版第一本书
《我变成一只喷火龙了！》即获好评，
从此成为专业的图画书作家。
赖马育有二女一子，
创作灵感全都来自生活经历。

赖马创作图画书 20 多年，作品被翻译成多种语言，
在多个国家和地区出版发行，还被改编成音乐剧、舞台剧等在各地演出。
赖马的作品获奖无数，几乎囊括了台湾地区所有重要的绘本奖项，
他本人更于 2016 年荣获博客来年度华语畅销作家 No.1 的殊荣。

赖马擅长图像语言，创作的形象幽默可爱，构图严谨巧妙，配色舒服耐看。
他编写的故事充满创意，讲究逻辑，并处处暗藏巧思，
非常适合亲子共读，深受孩子和家长的喜爱。

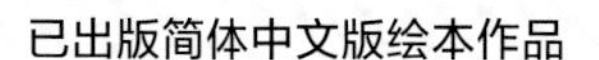

已出版简体中文版绘本作品

《我变成一只喷火龙了！》《慌张先生》《勇敢小火车》
《生气王子》《爱哭公主》《早起的一天》《帕拉帕拉山的妖怪》
《猜一猜我是谁？》《胖先生和高大个》《十二生肖的故事》《金太阳银太阳》

图书在版编目（CIP）数据

世界上最棒的礼物 / 赖马文图. -- 北京：北京联合出版公司，2019.6（2021.4 重印）
ISBN 978-7-5596-3350-7

Ⅰ. ①世… Ⅱ. ①赖… Ⅲ. ①儿童故事－图画故事－中国－当代 Ⅳ. ① I287.8

中国版本图书馆 CIP 数据核字 (2019) 第 113193 号

北京市版权局著作权合同登记　图字：01-2019-3701

世界上最棒的礼物

（启发精选华语原创优秀绘本）
文 / 图：赖马
选题策划：北京启发世纪图书有限责任公司
　　　　　台湾麦克股份有限公司
责任编辑：张　萌
特约编辑：张文葳
特约美编：禾　苗

北京联合出版公司出版
（北京市西城区德外大街 83 号楼 9 层　100088）
北京盛通印刷股份有限公司印刷　新华书店经销
字数 40 千字　787 毫米 × 1092 毫米　1/12　印张 $4\frac{1}{3}$
2019 年 6 月第 1 版　2021 年 4 月第 11 次印刷
ISBN 978-7-5596-3350-7
定价：45.80 元